Robert

MAXIMILIAM

2019

CUENTO

LA VIRGEN DEL IMPOSIBLE

COLECCIÓN CUENTOS DE MI TIERRA

2019

Edición 2019

Colección «Cuentos de mi tierra»

Cuento
«LA VIRGEN DEL IMPOSIBLE»

ISBN-978-1-988475-87-5

© copyright, 2019
Editada bajo el sello de EDITIONS ROMAX
Montreal, Canadá

Dedicatoria especial

Para mi abuelita: Susana Díaz y mi tía Vergelina Rivera Díaz, a quienes nunca conocí.

Robert Maximiliam

«LA VIRGEN DEL IMPOSIBLE»

(Un cuento basado en una historia verdadera)

Todos los personajes y lugares son producto de la imaginación del autor, cualquier parecido es obra de la coincidencia. Mil disculpas a cualquier persona que se sienta señalada por mis personajes.

Robert Maximiliam

«El amor debe ser siempre libre»

INTRODUCCION

Muchas de las leyendas, cuentos e historias nacen de la creatividad popular pero, casi siempre, están basados en hechos reales. Este cuento sigue el mismo patrón, la historia del asesinato de dos mujeres cerca del parque llamado «El Imposible» fue real, pero el resto es parte de la imaginación del autor.

El Parque Nacional El Imposible, ubicado en la parte occidental de El Salvador, en el departamento de Ahuachapán, posee el área más grande y más importante del país. Su biodiversidad es la más variada a nivel nacional y desde su punto más alto se puede observar el océano Pacífico. Está ubicado entre los municipios de San Francisco Menéndez y Tacuba, se puede acceder por diferentes rutas.

Las montañas de «El imposible», desde tiempos ancestrales, han guardado cierta mística especial en la cultura indígena. Se decía que en el lugar existía un puente para atravesar hacia otras dimensiones. Muy poca gente se atrevía a introducirse en sus entrañas. Se creía que el lugar era el sitio de predilección del jaguar y la pantera, ambos animales, eran personajes utilizados en los rituales para evocar los espíritus del bien y del mal.

Bajo este contexto, el cuento de la «virgen del Imposible» florece en la imaginación del autor.

«LA VIRGEN DEL IMPOSIBLE»

(Cuento)

En un lugar muy remoto, en las cumbres de las montañas de la cordillera de Apaneca en la parte occidental del pequeño Pulgarcito de América, vivía una familia muy numerosa que, en cierta manera, monopolizaba todas las actividades de aquel caserío llamado «Talpetate».

Ellos tenían la única tienda de víveres en kilómetros a la redonda. Sus nueve hijas, todas solteras, se dedicaban a cuidar el negocio y hacer las actividades del hogar. Los hombres ayudaban al padre en las diferentes actividades: compra y venta de ganado, la agricultura y el comercio de todo tipo de cosas.

Aquel hogar era muy concurrido de día y de noche. La verdad, no se necesitaba hacer invitación para hacer una fiesta. Entre, primos y amigos, todas las noches aquel negocio, siempre, estaba alegre. Era el lugar de predilección de jóvenes y viejos. Bajo unas lámparas «Coleman» y varios candiles, el patio de la casa se iluminaba por completo. Los árboles de Amate cobijaban a las parejas, los borrachos y los jugadores de dados, barajas y de dominó. Casi siempre, se terminaba bailando y cantando. Con un acordeón, una guitarra, un bandolón y un violín la fiesta se armaba en un dos por tres.

Con tanta mujer soltera, no era extraña la cantidad de jóvenes queriendo conquistar a las chicas. Además de las nueve del hogar se agregaban las primas y amigas. Los hombres duplicaban a las damas y aquello se convertía en una verdadera plaza de enamorados. Las mayorías de chicos llegaban a caballo desde los diferentes lugares cercanos: Cara Sucia, El Sacramento, la Frontera, La Hachadura, Ciudad Pedro de Alvarado y otros más que se me olvidan.

En aquel tiempo, la presencia masculina daba mucha seguridad. Las mujeres del hogar se sentían protegidas por los hermanos que, en su mayoría, eran mayores. Por lo general, no ocurrían problemas salvo que a alguno se le pasara la mano con los tragos. Casi, siempre, se terminaba en buenos términos.

En esos tiempos, la pistola y el machete eran las armas predilectas de los hombres. El padre del hogar, inclusive, tenía una escopeta que al mostrarla exigía respeto. Por lo general, casi siempre había un hombre en la casa que aseguraba la protección de las mujeres y el negocio.

Pues bien, en esa gran familia, la más pequeña de las mujeres se llamaba Vergelina y le decían cariñosamente «Verge». Para muchos, era la más hermosa de todas las mujeres del hogar. Varios chicos y menos chicos, le habían *echado el ojo* pero aquella jovencita estaba muy bien protegida.

Verge, era la consentida y la protegida del resto de la familia, apenas tenía catorce años y estaba a punto de cumplir los quince. Como decían los hombres de aquel entonces, ya *estaba dando punto y pesaba fácilmente las cincuenta libras*. Esto era para indicar que próximamente se le podía enamorar e inclusive pedirla para matrimonio.

La *cipota* era, quizás, la más bella de todas, pelo ondulado tocando casi sus caderas, labios en forma de corazón, curvas bien ponderadas, con una cara de inocencia robaba fácilmente el corazón a cualquier incrédulo. Sus ojos acaramelados que cambiaban con el capricho del tiempo adornaban perfectamente con su cutis moreno claro. No digamos su sonrisa que iluminaba cualquier mente oscura y la volvía fácilmente pura como el agua salida del corazón de las montañas.

Pues bien, en esos días, apareció por aquel lugar un tipo que no era mal parecido pero, por alguna razón desconocida, caía mal. Por mucho que intentara, su ser lo traicionaba. Algo olía mal en él. El joven, a pesar de ser guapo tenía un aire misterioso que daba mala espina. Eso sí, *tenía buena labia* y más de alguna *bicha* lo miraba con ojos seductores. Se decía que una prima de las chicas, le había entregado el corazón sin mucho trabajo. El pequeño problema era que el muchacho había caído preso del encanto de *Verge* y esta, no lo podía ni ver en pintura.

Pero como dicen, las más difíciles son las más interesantes. El tipo se encaprichó y no le paró bola ni en juego. Le *puso candado* a su corazón y no lo dejo entrar. El hombre, que rondaba los veinte, utilizó todo su arsenal de conquista y no hizo mella en la doncella. El muchacho la asechó por todos lados y no encontró entrada. Llegó un momento que inclusive, quiso tomarla a la fuerza y fue ahí que lo puso quieto, en su lugar. Le dijo que ni loca se iba con él y que prefería morir que ser suya.

Aquel desprecio provocó que en aquel tipo, naciera un odio profundo. La jovencita tocó su orgullo y machismo. Y según, dijeron las lenguas, el hombre juró que la chica sería de él y de nadie más. Él, la prefería muerta que fuera de otro hombre. Esa afirmación no tardó en hacer camino hasta llegar a la casa y las mujeres del hogar levantaron el grito al cielo.

Esa misma noche, cuando llegó a la tienda, en caravana salieron al patio las tres hermanas mayores. Además, de ir armadas, tenía el apoyo de los hermanos y de sus amigos presentes. Sin andar con tantos cuentos, le reclamaron delante todo el mundo.

El joven que estaba en medio de una multitud de hombres y mujeres, ni siquiera intentó levantar la voz. Aguantó el chaparrazo de agua y, de mala gana, les pidió, disculpas. El tipo se alejó del lugar tranquilo, sin levantar mucho polvo. Salió en caballo blanco pero aquellos que lo conocían, especialmente la prima, sabían que no se quedaría tranquilo.

La ofendida y la madre de esta, se quedaron dentro de la casa y siguieron los reclamos religiosamente. El hombre que no se esperaba aquel afrontamiento se vio sorprendido por la situación. Según, decían, era un buen gallo de pelea y no era ningún tonto. Los machetes, cuchillos y pistolas que portaban las mujeres y el hecho de ser el centro de atracción, no le permitieron responder agresivamente. Por el contrario, siempre mantuvo su calma. Eso sí, en sus ojos se veía un brillo de maldad brillaba como fuego ardiente.

Desde ese día, nunca más llego a la tienda. Los hermanos mayores de la *cipota*, al darse cuenta, le advirtieron que no *andarían con cue*ntos para aplanarle el lomo con sus machetes.

El chico siguió merodeando el lugar sin llegar a la casa porque se hizo novio de la prima. En su adentro, el hombre asechaba a su víctima porque seguía encaprichado. Utilizó a la prima para hacerla legar a la casa con mentiras. En el lugar, trató de abusar de ella. Por suerte, unos primos, al escuchar los gritos, llegaron al rescate y el abusador, al verse descubierto, se dio a la fuga.

Los hermanos de la ofendida trataron de darle alcance pero no lo lograron. El bandido se había esfumado como por arte de magia. Luego de aquel episodio, los rumores salieron como hojas secas llevadas por el viento. Ellos decían que el tipo había dicho miles de cosas negativas y había jurado robársela.

Muchos no le dieron importancia a los rumores pero la madre que, como siempre, tienen un sexto sentido con relación a los hijos, decidió tomar el toro por los cuernos proponiéndose poner una denuncia en la alcaldía más cercana: San Francisco Menéndez, a la orilla del famoso Parque «El Imposible».

En ese momento, nadie sabía que el tipo no era cualquier cosa y tenía órdenes de captura en su contra por haber matado a más de un cristiano en la república de Guatemala.

La alcaldía de San Francisco o «sanchico», como se llamaba comúnmente al lugar, se encontraba a pocas horas. Se pasaba por montañas y riachuelos. Dicha vereda obligaba a pasar por el bosque llamado «El imposible» por los indígenas. Su nombre en náhuatl era «Amoueli» y ellos tenían mucho respeto porque ahí habitaban los espíritus de los ancestros. Era un lugar encantado y muy misterioso.

En ese bosque se podía encontrar a animales nunca vistos y muy peligrosos como: el tigrillo o el gato de monte; el ocelote, el puma y el coyote; sin contar la gran variedad de aves, como: el tucán, el quetzal, el pajuil, el guajolote y el ave del paraíso que, según, los indígenas solamente se encontraba en las profundidades del bosque.

A la madre se le metió entre ceja y ceja que debía poner la denuncia para proteger a su pequeña. Las hijas mayores no estaban de acuerdo porque según ellas, los rumores solamente eran «patadas de ahogado» de un tipo frustrado por un amor imposible. Además, no estaba en la casa, ningún hombre mayor para acompañarlas.

La progenitora no les hizo caso y planificó el viaje para el día siguiente. Ella quería llegar muy temprano al pueblo para volver antes del atardecer. Entonces, sin saber cómo, las paredes escucharon aquel plan y se lo hicieron llegar al tipo.

Siempre que la familia bajaba a ese pueblo, pasaba visitando a la familia de Tiodolinda, una jovencita humilde que tenía la misma edad que Verge. Las niñas se habían conocido en el riachuelo que quedaba cerca de la casa.

Su amistad había transcurrido, varios años. Por eso, cada vez que bajaban, llevaban vivieres y ropa.

La familia de Tiodo, como le decían de cariño, era muy pobre y vivía en las tierras de Don Gregorio, Don Goyo, un hacendado del lugar. Ellos cuidaban los terrenos y trabajaban en los cultivos del patrón.

Ese día, salieron muy de madrugada sin saber que la sobrina había avisado al tipo con la intención de prevenirlo para que huyera del lugar. La mujer nunca sospechó lo que el tipo guardaba en su corazón.

Las dos mujeres recorrieron el camino y llegaron hasta la casa de Tiodolinda para descansar. Desde ahí no faltaba mucho para llegar al lugar. Ahí tomaron café con pan y, al poco rato, decidieron retomar la marcha. A los pocos minutos de salir del lugar, la amiguita «Tiodo» se dio cuenta de que Verge había dejado un chal con dibujos florales que se ponía sobre la cabeza.

La bicha, sin pensarlo dos veces, corrió para darles alcance. Al estar cerca del riachuelo, se paró en seco. Unos gritos de auxilio y de misericordia la dejaron helada, como estatua. Pálida y temblando de miedo, se acercó con mucho cuidado entre los matorrales.

La niña quedó petrificada al observar la escena de terror. El tipo había alcanzado a las mujeres cerca del ojo de agua y las había matado con su corvo. Inclusive, lo vio cuando se marchaba del lugar. La madre había quedado al lado del riachuelo y Verge cerca del tronco de un amate porque había tratado de escapar. El hombre las había destrozado con mucho odio.

Tiodolinda, muy aterrorizada y temblorosa, fue a recoger los pedazos de las víctimas. Entre lágrimas y llanto junto los pedazos para que descansaran juntas. Luego, corrió toda ensangrentada a avisar a su madre; al verla como iba, se asustó. Le contó lo que había pasado y la señora corrió al lugar gritando *como loca*. A los gritos, unas personas atendieron al llamado. Tiodo entró en pánico y salió corriendo de su rancho rumbo al bosque del Imposible.

Los familiares se apresuraron al lugar del crimen y de inmediato sospecharon del tipo. Desde ese momento, los hombres de la familia se pusieron a perseguir al criminal y esa persecución duró, exactamente, los mismos años que la joven tenía. Dicen que murió de la misma manera y que, hasta ese día, esos hombres pudieron cerrar ese círculo trágico. Está de más, decir que la familia no fue la misma desde ese entonces, parecía que la madre era el centro de ese hogar.

Mientras tanto, nadie sabía que Tiodolinda se había marchado al bosque del Imposible. Ella temía del asesino porque tuvo la impresión que la había visto. La madre de la niña la buscó varios días hasta encontrarla llorando arrinconada en una pequeña cueva que llamarían luego, «la cueva de los lamentos». Algunos cazadores, al pasar cerca de la cueva, habían escuchado el llanto y llenos de miedos habían corrido del lugar.

La ignorancia y el miedo les empujaron a un «viacrucis» sin precedentes. Ambas pensaban que, la gente de alguna manera podía relacionarlas con las muertes de sus amigas o en el peor de los casos que el asesino anduviera cerca. Decidieron que Tiodo se mantuviera escondida hasta que todo pasara o volviera a la normalidad. La madre, para despistar, volvía a su rancho por la mañana para buscar víveres y regresaba por la noche. La verdad era que la gente ni siquiera se daba por enterada que la niña había sido testigo de aquel crimen y mucho menos que se había marchado de su choza.

Las mujeres cambiaban de lugar para dormir cada día para evitar que las encontraran. A la semana, una tormenta repentina provocó unos chubascos inmensos que hicieron que la bicha dejara la cueva en la que se encontraba por miedo a una inundación del riachuelo. En ese momento, ella estaba sola porque su madre, no había llegado.

Tiodo estaba desconsolada y triste. Se subió a lo más alto de la montaña y bajo unas rocas, pasó el chaparrón. Cuando la tormenta había pasado, la joven se puso de pie y estirando sus brazos al cielo sintió la necesidad de sacar lo que tenía dentro. Hasta una brisa costera se levantó en ese momento que casi la escapaba a levantar. Cerró sus ojos y respiró profundo; sin saber cómo, dejó escapar un grito con el nombre de su amiga que asustó hasta el más valiente. Dicen que a aquellos que escucharon el grito, se les puso la *piel de gallina* y salieron corriendo «patitas para qué te quiero».

Los rumores sobre el aparecimiento de una mujer vestida de blanco comenzaron a circular por los alrededores. Desde ese día, en el lugar donde habían asesinado a las dos mujeres comenzaron a aparecer flores y la gente asombrada decían que era un milagro realizado por la jovencita que era virgen porque ningún hombre la había tocado.

Tiodo, unos días después de haber huido, había regresado al riachuelo para llevarle flores a su amiguita muerta y para que no la vieran, había ido al atardecer. Mientras, depositaba las flores en el tronco del amate, escuchó que unas personas se acercaban y decidió salir corriendo del lugar saltando entre las piedras del riachuelo. Las personas que pasaban por el lugar, lograron ver la figura de la pequeña saltando y creyeron que se trataba de la joven asesinada. Muertos del miedo se marcharon del lugar y contaron lo que habían visto.

Al día siguiente, algunos curiosos fueron al lugar y, efectivamente, encontraron flores en el tronco del árbol. Tiodo había colocado un lirio que había encontrado en una de las cuevas dónde se escondía. La flor era muy bella y parecía especial, una anciana se la llevó para su casa porque decía que se parecía a la flor del amor, muy apreciada por los indígenas por su carácter curativo.

La anciana tenía un nieto enfermo a quien la fiebre lo tenía al borde de la muerte. La mujer, muy creyente, hizo una tizana con la flor y se la dio a su pequeño. Al día siguiente, el cipote, se levantó como si nunca hubiera estado enfermo. El milagro de la curación comenzó a rodar y las visitas al lugar del asesinato comenzaron a ser más numerosas.

Tiodolinda, sin saberlo, visitaba a su amiga, muerta, por las noches y seguía llevándole flores. Ella creía que a su amiga le gustaban porque desaparecían. Luego, al darse cuenta de que la gente comenzó a quedarse muy noche en el lugar, prefirió ausentarse. Eso sí, siempre cargaba una flor con ella porque le gustaba y deseando que floreciera en otros lados, la sembraba en los lugares visitados. El caso fue que, curiosamente, las personas encontraron dichas flores y el rumor que la virgen merodeaba los rincones del parque, se expandió al igual que los milagros. La virgen del Imposible comenzó a aparecer en el vocablo popular y achacándole curaciones milagrosas.

Las apariciones de la virgen del Imposible o de lo Imposible se hicieron famosas en el lugar. Inclusive, según, el lugar de la aparición, la gente le comenzó a poner nombre, de ese modo apareció: *la poza del olvido, el camino de la lluvia eterna, la cascada de los monos, el recodo de las dormilonas, las grietas del silencio, el paso de los pajuiles, el nidal de las «gualcachillas», el remanso de los lirios, la encrucijada seca, la cima del cielo, la poza de la resurrección, la casa del quetzal, el despeñadero del torogoz y la vertiente del cusuco.*

A las tres semanas, Tiodolinda regresó a la casa porque cayó enferma con mucha temperatura. La madre no tuvo otra opción que llevársela a la casa y para curarla, le dio una tizana de la flor del amor. La muchacha se curó rápidamente y, al ver que no la buscaban, no regresó a la montaña.

Los días pasaron y los rumores de las apariciones continuaron a recorrer los pueblos cercanos. La gente llegaba al pueblo con la intención de internarse al parque con la esperanza de encontrar una flor del amor para que la virgen le hiciera el milagro de algún imposible.

Seis meses, después, Tiodo vivía tranquila con sus padres hasta por desgracia se encontró con el dueño de las tierras donde vivían, Don Gregorio. Desde que la vio, el tipo le echó el ojo encima y no anduvo por cuatro caminos. Se fue a casa de los padres y les propuso un trueque: tres sacos de víveres y una novilla a cambio de la virginidad de la hija.

La familia que, apenas tenía para sobrevivir, recibió el ofrecimiento con agrado. Significaba más de un año de alimentos para el hogar. De igual manera, la propuesta no aceptaba un no porque corrían el riesgo de perder su hogar.

La bicha ni siquiera pudo opinar al respecto porque los padres aceptaron el pedido. Ellos decían que era preferible el negocio con el patrón porque obtenían comida y el aprecio del viejo. Por otro lado, la realidad les decía que en cualquier momento, cualquier hombre podría «calentarle los oídos» a la bicha y comérsela.

Planificaron la cita y acordaron verse cerca del ojo de agua. La madre le explicó, en su ignorancia y a su manera, lo que pasaría y cómo debía de comportarse para que todo saliera bien. La bañó y le dio una bebida a base hierbas para evitar que quedara embarazada. La mujer, solamente, llevaba puesto una bata blanca con pequeños tirantes y su calzón.

La madre de Tiodolinda la acompañó hasta cierta distancia del lugar y se quedó rezando junto a unos lirios. El viejo zorro, le estaba esperando en el lugar muy contento y hasta con cierto afán. El tipo había colocado la pistola, el sombrero y el pantalón sobre unas peñas. No se había quitado la camisa a cuadros, aunque la tenía desabotonada. El señor ya pasaba los cincuenta años aunque todavía se veía *bien poll*ón.

Tiodolinda se presentó con *una mirada de pollo comprado* o como ganso que va al matadero. Se puso delante del viejo y este le tomó de las manos diciéndole que estaba, bonita. La chica, apenas murmuró en voz baja, ¡aquí estoy para lo que usted mande!

Don Goyo, con el agua arriba de las rodillas, la tomó de la mano y la colocó sobre una peña que serviría de cama. La desnudó por completo y de inmediato comenzó a acariciarla, diciéndole que no le dolería. Todo iba a la perfección hasta el momento que se dispuso a penetrarla. La jovencita sintió mucho dolor y sacó un grito agudo que agarró por sorpresa al señor. Fue un grito, parecido al escuchado en lo alto de la montaña.

Don Goyo se asustó y enderezándose, rápidamente, se puso muy nervioso. Para mala suerte del señor, el susto repentino le provocó un principio de infarto. Tocándose el pecho, quiso salirse del agua pero se deslizó cayendo hacia atrás. Una piedra filuda lo recibió de almohada, provocándole la muerte instantánea. Tiodolinda se puso histérica y se puso a gritar a todo pulmón llamando a su madre. En su miedo, trató de ayudarlo pero fue en vano, el viejo estaba muerto.

A los gritos, la madre se presentó en el lugar y al ver a su hija con la cabeza del señor entre sus brazos, pensó lo peor. Agarró a su pequeña, sus cosas y se la llevó, río arriba rumbo a la montaña encantada. La corriente del agua de la quebrada arrastró al señor, dejándolo enganchado en unas raíces de un amate que sobresalían del agua.

Al encontrarlo completamente desnudo y con una sonrisa de satisfacción, dedujeron que había muerto de manera accidental. Luego, alguien mencionó, los gritos llamando a la madre y el cuento de la virgen del Imposible comenzó a hacer de nuevo su camino.

Mientras tanto, las dos mujeres se metieron al bosque para esconderse mientras pasaba el movimiento. La experiencia pasada les hizo visitar los mismos lugares. Los rumores sobre la virgen del Imposible siguieron corriendo y cada vez más, la gente creía en aquel cuento.

A los siete días exactos, en el pueblo, se habían reunido unos jóvenes a chupar y salió a la luz, el cuento de la virgen del Imposible. Joaquín, un joven apuesto y muy valiente, propuso a sus amigos que entraría al bosque para buscar a la virgen. Además, aseguró de que al encontrarla, se la comería a besos. Algunos, orejas largas, dijeron que estaba blasfemando. No se podía ofender a una virgen de esa manera. Adelantaron que, el mismo Dios, lo castigaría.

El cipote se metió al lugar encantado cuando el sol estaba en lo más alto. Él había asegurado a sus amigos que lo verían hasta el día siguiente tan sonriente como Don Goyo, haciendo alusión a la felicidad de haber hecho suya a la virgen.

Ese día, la madre de Tiodo había ido al pueblo a buscar víveres y otras cosas para seguir sobreviviendo en la montaña, mientras pasaba la tormenta personal en la cual estaban. La joven se había quedado en «la cascada de los monos» que poseía una especie de cueva detrás de la caída de agua.

Como hacía calor, la chica decidió darse un chapuzón denuda, en pelota, bajo las aguas frías de la cascada. Justo, en ese momento, Joaquín, la descubrió en la distancia y se acercó con cautela. El chico no conocía a la *mona*, pero eso era lo de menos; la *cipota* se veía bonita y, como dicen por ahí, al alcance de la mano.

Como un gato salvaje se acercó con sigilo y astucia hasta el lugar para atraparla por la espalda. La chica entre asustada y temerosa comenzó a dar batalla. El joven le decía que no gritara y la comenzó a besar fuerte. La mujer lo mordió y arañó con todas sus fuerzas, pero fue inútil porque la fuerza de aquel macho terminó venciéndola.

Aquel tipo, la sometió a sus antojos e hizo lo que quiso con la bicha que no soportó aquel maltrato y terminó desmayándose en sus brazos. El tipo ni siquiera había caído en la cuenta que la bicha se había desvanecido y cuando se separó contento de su proeza, se asustó un poco y la depositó sobre una roca. Se subió el pantalón, a medias, y se abotonó la camisa. Luego, pensó en marcharse lo más pronto posible del lugar para que no lo inculparan en el caso que la *cipota* estuviera muerta.

Este, dio unos pasos hacia atrás sin dejar de ver a la mujer que yacía como muerta sobre la roca. El agua fría de la cascada, al caer sobre su cabeza, lo sorprendió y perdió, el paso; quiso sostenerse de una raíz que colgaba del barranco y agarrándose con fuerza la jaló duro. El muchacho estaba en desequilibrio cuando una avalancha de piedras se le vino encima, ni siquiera pudo meter las manos. Una piedra plana, le dio en la cabeza, tirándolo de espaldas. El agua y la corriente se encargaron de hacer el resto llevándoselo río abajo. Al día siguiente, lo encontraron en medio de unas piedras y, según contaban las mujeres que lo hallaron, el tipo estaba sonriendo y medio desnudo.

Los amigos se encargaron de regar el cuento de la última conversación que habían tenido. La leyenda sobre la virgen del Imposible seguía creciendo como la espuma.

La madre de Tiodolinda no la encontró en el lugar indicado porque al despertarse, la cipota salió disparada del lugar. La madre se puso, como loca, a buscarla por todos los rincones conocidos y no conocidos de la montaña. Fue hasta el catorceavo día que un grupo de indígenas la encontraron en el lugar llamado «trauistli» que significa aurora, luz, resplandor, renacer. A este lugar, luego, le llamarían, la poza de la resurrección por haberla encontrado a los catorce días.

Lo curioso del asunto fue que Tiodo a los nueve meses resultó con un cipote entre sus brazos. Cómo era un poco finita, ni pansa se le vio. De ahí que al bicho querían ponerle el nombre de «milagro», en forma de burla o broma. Pero lo que comenzó en forma de broma, la gente del lugar lo tomó en serio. Para ellos, todo eso fue un verdadero milagro, una obra de Dios y se lo achacaron a la virgen del Imposible.

Para colmo de males, la cipota, cuando hablaba de su aventura, siempre decía que nunca había estado sola porque su amiga siempre la había, acompañado. No hizo falta, gran cosa, para amarrar el tamal y para terminar de adornar el regalo, la muchacha dijo que sus heridas habían sido curadas por los pétalos de la flor del amor.

La Tiodo le puso a su hijo, Virgilio. En honor a su amiga, Vergelina. Después de eso, la gente comenzó a meterse a la montaña encantada en busca de la flor del amor para curar sus males y enfermedades; otros trataron de ubicar los lugares dónde había estado la bicha porque según ellos, ahí había estado la virgen.

Hoy en día, muy pocos saben de esta historia, pero en el cementerio de San Francisco Menéndez se pueden encontrar las tumbas de las dos mujeres asesinadas en el ojo de agua.

Inclusive, algunos atrevidos, siguen buscando la flor del amor para curar sus males y más de alguna devota, reza a la virgen de lo Imposible de esta manera:

«Virgencita de lo Imposible,

Tú que siempre fuiste virgen,

Te ruego, pidas a Dios

Que me cure este dolor...»

FIN

DESCRIPCION DEL ESCRITOR

Robert Maximiliam

Salvadoreño de nacimiento y escritor por vocación. Desde muy joven, tuvo en sus manos y en sus sueños, la palabra como compañera de cuna. Inspirado por el romanticismo evocado por los cuentos y leyendas de su abuelo materno, se comenzó a bañar en el *chorrito* de la narrativa oral; motivado por la dedicación, el esfuerzo y la lírica del verbo jugando con la palabra, por parte de su padre, puso forma a su creatividad innata. La palabra se hizo verso, el verso, melodía; la melodía alas blancas y con ellas, se lanzó al vacío de su poesía. La narrativa romántica se volvió parte de su vida diaria y comenzó a soñar en poder ser expresión de un ¡puede ser! Nació, como había vivido: libre en su palabra y en su contenido.

OTROS CUENTOS DE LA COLECCIÓN

Los Guanacos

El rey Cara Chuca

Las pupusas

El cosmos de la frontera

Los huerfanitos

El cipote rezador

La semillita

Los cipotes

La isla de los suspiros